edition suhrkamp 2028

Die Brüche in der eigenen Biographie, die letzten DDR-Jahre als Wehrdienstverweigerer und die neue Orientierung in einer veränderten Wirklichkeit – diese Erfahrungen haben den jungen Dresdner Autor Christian Lehnert auf den Weg gebracht. Aber erst die Begegnungen mit Israel und dem arabischen Sprachraum haben diesen Dichter in ein Niemandsland zwischen den verschiedenen Kulturen geführt. Von dieser Ortlosigkeit spricht *Der gefesselte Sänger*, wie Christian Lehnert in Aufnahme eines altarabischen Mythos von der Unerreichbarkeit eines Ideals, das gleichwohl Lebenssinn stiftet, sein erstes Gedichtbuch nennt.
*»wie ein plötzlicher schneefall / in der wüste zeitunsichere / tierherden aus einer anderen / zone der erregung war ich selbst / nur ein wort in einer fremden sprache ...«*
Christian Lehnert, geboren 1969 in Dresden, studierte Religionswissenschaften, Orientalistik und Theologie. Nach dem Studium lebt er in Dresden und Berlin; 1995 erhielt er den Förderpreis zum Leonce-und-Lena-Preis.

*Foto:* Frank Höhler

# Christian Lehnert
# Der gefesselte Sänger

*Gedichte*

Suhrkamp

edition suhrkamp 2028
Erste Auflage 1997

Erstausgabe

Satz: Jung Satzcentrum, Lahnau
Druck: Nomos Verlagsgesellschaft, Baden-Baden
Umschlag, gestaltet nach einem Konzept
von Willy Fleckhaus: Rolf Staudt
Printed in Germany

1 2 3 4 5 6 – 02 01 00 99 98 97

Wer bist du? / Ein Narr ohne Stätte / aus dem Stein der Steppe, aus der Sippe Satans. / Wer bist du? / Wandertest du in meinem Körper? / Mehrmals. / Was sahst du? / Ich sah meinen Tod.

(A. Ahmad Said Adonis, »Mann und Frau«)

Suchen Sie ein Spielzeug für mich, / eines, wie ich es als Kind gesehen habe. / Ein Mann im Clownskostüm, / durchbohrt und aufgehängt, / an einem Drahttrapez. / Drückt man, so schwingt er sich nach oben, / drückt man wieder, fällt er herunter, / natürlich, normalerweise fällt er herunter. / Aber nie stürzt er ab oder springt heraus / aus dem Drahtrahmen.

(Salah Abdassabur, »Mağnun und Laila«)

*dann würdest du im torbogen* diesen hockenden
leib sehen, verkrümmte finger in die stirn gebohrt,
falltrichter, vom frost in den schädel getrieben, ein
von erleuchtungen verbranntes ledergefäß, gefüllt mit
staub, der in der sonne singend etwas wie den einklang
mit allem meinte, äther ordnungsloser geräusche, an
stahläxte erinnernd, seit anbeginn helle schläge, bis
du hier gewesen bist, als würde eine person, frei
erfunden, dich weniger hinfällig machen unter der
ahnenmaske jener fremden, nie verstummenden sprache,
fließender paradigmen des gerölls auf den löchrigen
lippen der dünen, lauschtest du unter der bleichen
kutte diesem rauschen, wie zu atem reduzierten
gebeten, des windes saugen an den warzigen pupillen
der felsen, in die brüche des gesteins blickte reglos
ein gekko wie in dein gesicht, das vage wen erinnert?

(gebeinehaus st. katherin, sinai)

# I

# schwemmland

## *selbstgespräch*

überhaupt, das gesicherte
vokabular besagt nichts, denn

da ist jener andere im fenster,
ihm gegenüber, nachts,

in schmutzigen scheiben, ein weicher
körper, eine anfällige
haut, in zeitformen zerrissen,

ein fremder, ein feind,
den er braucht, so

für die wirklichen
aussagen über sich, die authentische
sehnsucht in den worten, ganz

wie hinter gepolsterten türen
jene vergangenen schreie, gepreßt
aus einem anderen mund,

vormals,
der ihn belegt und ausspricht
oder schweigt, dann

fallenläßt, leugnet als
sprechender,
der sich nicht versteht, als

fragender,
der sich nicht mehr kennt, der
sucht, schlägt, den
schreien lauscht, als

tatsächliches gesicht,
das ihn gebraucht

*blind endendes gleis*

als würde das blind endende gleis jedes bild
verbergen, im waggon

war ich die addition ohne summe
der vielen, die mich vor der rostigen stahlwand

erkannten, einen blauen fleck zwischen den heißen
betonplatten, kyrillischen

schriftzeichen (in dem augenblick zwischen den
zeiten, als eine plötzlich befreite ameise

aus der luke in eine andere wirklichkeit fiel,
aus tausenden kilometern

entfernung), das knirschen
der kalkformen unter den stiefeln schien

im hintergrund endlos vertraut wie der gedanke,
diese welt drehte sich, sofern ich mich drehte,

herrschte eine spanne gleichgewicht oder gegenwart
im gewohnten erstarren des flüssigen steins,

im vibrieren kochender adern, gespritzt
in die gußformen, wie worte unter den helm, die

stampfenden akkorde einer pulsenden halle,
in der ich nur staunend gehorchte, eins

mit den befehlen, die mich singend in knochenhöhlen,
in reih und glied durchstreiften,

schon sei jedes fragende lauschen eine
abkehr in der schnecke, verschwiegen

andere nerven die mechanik meiner
hände, auf die stahlwand gestützt, eine

nässende konstante im wachsen der dampfenden
plattenstapel, konnte man vermuten, das

sei die figur der notwendigkeit (wie die ameise
den puffer des prellbocks erreichte, genau

synchron mit einem leeren kohlewaggon), frage
niemand, wer lebt und warum

die wehrlosen bilder im inneren liefen

*auszug*

auch die leeren wände wären
zufall dann,
nackt gegen deinen atem, verhaucht,

versprochen in eine würfelige
wirklichkeit ohne mobiliar
der dinge, die wir einander

nicht glauben, bewußtlose stücke
des anderen und weiß
wie das laken,

das stürzende jahr, ins kahle
zimmer

ragen die aporien eines beiläufigen
herbstes, in deinen
offenen mund,

in einen fremden,
viel zu allgemeinen schrei, der
in mir haust,

zufällig, seit du irgendwie
fort bist und ganz nah,

wie die tropfen ertrinken
im fluß,
langsam und giftig, wie jeden tag,
der staub,

die erwartung, die wir waren
ohne worte, das
gekalkte sediment sind
der wiederholungen

*schwemmland*

zu sprechen begonnen
wie der ölschlamm
im meer vermißt
bin ich gefaßt ohne boden
in einem der heimatlosen
reihenhäuser die abstinenten
wände allem später
zuvorgekommen
gehe ich weiter nach-
gefahren heiße ich vorab
das verstehen meiner eigenen sprache
für ungewollt überdrüssig vernagelt
die irrige tür
zum hof entgrenzt
in beliebigkeit
ohne wohin das zeitliche
schiff der argonauten im regen
ohne entkommen meint
so tun als ob
und nichts tun und
erwarten
ersetzt um vergessene ufer
draußen
versagen die worte
ausgelaufen
eingeholt
ins nirgends eskaliert

*am ohr die glocken*
des verlorenen
vaters zu glauben
wenn ich die augen schloß bliebe
des mannes versteiftes kreuzjoch vergraben
im hirn geerdet
dringt der blick
in keinen letzten winkel
des schleichenden
flusses des präsens des eigenen
körpers in der entzweiung trägt
die erinnerung den schönen zwilling
in der tarnkleidung
zum samen die dunkle symmetrie
der geschöpfe stammlose wurzel
zur natur
zurückgekehrt ohne
zu wissen wohin und wieso

## *spaziergang in übigau*

ganz grundlos streunte ich am fluß, er trieb
wie asche, an den ufern braun gefroren,
das dunkle bild hieß déjà vu, beschrieb,

wie hier ein knabe kriecht in alten rohren,
gewinde in den lauf gedreht, im ranzen
verschlüsseltes gekritzel, aus den poren

ragt gelber farn, ein singsang, höhlenpflanzen,
gestreckt nach einem einfall: licht!, gespuckt
ins schwarz – die fliegen in der tüte tanzen

entseelt im urknall – und schnell abgeduckt,
als wären alles worte, in der form: ein kopf
gesetzt auf keinen leib, zurückgezuckt,

betäubt von dem befehlston, vollgestopft
mit fremden stimmen, xylophon der sender,
wird er in marsch gesetzt, die nässe tropft

aus einer schürfung, überschwemmt die ränder,
sich fern wie nie – die flüssigkeit des landes
aus namen, strudeln, die sich stets verändern,

verrinnt zum meer – in senken feuchten sandes
stellt er sich tot, versteckt, ein biotop
aus schlick und schrott im grenzgebiet des strandes,

unnahbar, seinem atem ein verbot

## *eid*

mit keinem wort
bin ich der unbekannte soldat
mit dem stoffzeichen niemand
auf der schulter eines täters
unverschlossene funktion
des opfers die einsame
achse des körpers in der aufeinanderfolge
der bezifferten
auf dem appellplatz begrenzt
nichts ich selbst bin der tägliche
schmerz das drehende
ganze das rechnende
hirn so unendlich gefaltet
sind die lamellen durch die das licht
rollt über mir wie starrende
analytiker einer anderen art sezierende
vokabeln öffnen den kopf
bei nacht das dauernde
denken ist der wunde punkt...

*sperre*

lautlos
schloß sich die luke über
der schädeldecke ein reiz
der in den augen
das licht zerdrückt in
der rollenden hülse des entmenschten
geländes verkettet
mit dem unterboden bestimmten
gehirnregionen in denen laute sinn
hätten bliebe nichts mehr
zu verschweigen
vom gefälle der angst dem hektischen
uterusschlaf der
heimat von bodenwelle zu bodenwelle
rauschte es in erregten
geräten bis in die vordersten linien
des sprechens (schweine
die durch die kopfhörer schreien)
schwarze kanäle –
an die ohren gepreßt –
surrende scharniere der sandflächen –
winselnde eingepfercht in den stößen
implodierender namen –
grabengeäder
wie aus der hohlen hand zu trinken –
krater – im gefährlichsten
inland dieser erscheinungen

## *norm*

an die 50 kubikmeter luft
im beton spannte ich
meine netzhaut aus über
linsen facetten
ein insekt das noch nie
ein insekt gesehen hat wie in glas
eingegossen wartete ich
auf meine enthüllung
außenskelett
das am rande unwiederbringlich
in rauschen übergeht wäre
da nicht gummi und ein klebriger
schutzanzug (12 sekunden
für die maske und dann atmen
was das zeug hält) hörte ich
es kratzen im schlauch tracheen
ins innere zu zeigen
daß ich noch lebte als offener
kreislauf in einem gefäß
graugrünen chitins
das sich täglich in gleicher
form regeneriert

## *untersuchung*

wie die zeichnung der äcker,
schlammiges fließen, sähe ich unter
meiner haut bald knochen, falten
der organe, halb kriech-, halb
säugetier, aus dem weißen muster
der rippen kommt die stete
angst, die verengung im hals,
im rechten moment
könnte es jeder stein sein, ein
eiszapfen als pfahl, ein ausgelöster
pfeiler, ein schatten,
der röntgenschirm
kommt zur landung herab,
öffnet den thorax
über der erde, kurz
vor der eiszeit jagen sie
strahlungen in die tiefe
der gletscher, mißt
jemand das fassungsvolumen
des merkwürdigen schädels, des
gefühles seltsamen mangels
oder schuld, sodann
die feinen risse unter der maske
der psyche, bis nadeln den körper
versiegeln, das schwarze
loch unter dem pflaster, die
unruhe, die nichts erklärt,
keine form,
keinen widersinn,
nichts

*prora*

... verfällt die ebene zu fernen orten,
auch hinter mir ist nichts und keine form,
und ich bin nirgendwo, wie jede norm
der sprache mich verwehrt, in meinen worten

ist klägliches alleinsein nur, mäander
des stroms als eine folge leerer zeichen,
die mich nicht löschen, nicht behalten, gleichen
befehlen, satzgefügen, miteinander

sind andere und ich hier unterscheidungslos,
geschehen aus dem zufall dieser schritte
ins nirgends, programmiert, auf jenem floß

der wochen, der kolonnen, dumpf und groß,
als teile auf dem bildschirm, ohne mitte,
zur uniform zurückgekehrt und wesenlos

*ohne ausgang*

ich schrieb ihr keine briefe, ihr leib
klärte sich zur vergangenheit,
zu warten, bis es berechnung war,
wann die meteoriten kämen
und eine haut ferner würde,
poröser, von den schmutzigen
tieren verstünde keines
die klarheit bei tage, weißer
quarz, ohne augenlicht,
mit der unschuld von zahlen,
die mir davonliefen
für die bezeichnung tausender
knochen in ihr, rasende formeln
der melancholie über
dem kopfkissen, die vorstellung
von tellern im abwasch, subkutan
wachsen die erinnerungen
in den schädel,
da ist niemand, nachrichtenflüsse
über eine fläche von schnee,
wohin nie ein mensch gekommen ist,
und im werden immer einsamer
und weiterläuft,
wie es mir täglich und
mechanisch in den schläfen sticht,
sezierte kreisläufe,
bis es vorherstimmt,
sie fehlt nicht, niemand fehlt, als
wäre es physik und kein schmerz,
die bewegung der gegenstände zum

gleichgewicht, gleiche
verteilung von allem
im raum, bewußtloses ticken
der standuhr, flimmernde teile
in gelenkigen wänden, wie fühler
im kalk, bliebe mir die zeit,
in der ich ihr keine briefe schriebe
oder dächte, daß ich es jetzt könnte,
wäre es ich oder ein flüchtiger traum,
der unsichtbar sein wird,
daß mir in den gedanken
jenes späteren die zeit bliebe, zu
warten auf eine antwort oder alles
in dessen scheinbarem körper
langsam verlöschen zu lassen

## *objekt h*

hier war es
da sage ich
was ich nicht sehe
in einem fensterlosen block von weiß ineinander
wände und das vergessen wenn ich
spreche nach mir klaube
mich aus den akten versperrt
zwischen pfeilern und stacheldraht
in der nur wiederholten belagerung
eines belagerers ohnmächtig
in dem ausharren vor nichts und
nichts anderes zu sagen übrig und
postum widerstand ohne verständliches
gegenüber selbst wie eh und je
irrfahrend in dem vermeintlichen
zimmer eingesessenes weiß befleckter
kodex das frische bettzeug
oder da draußen auf dem kasernenhof
geteilt in ost und west wo
der zwangsläufig folgende gleichschritt
mich nur immer wieder von neuem
in der uniform meines nachbarn
wiederholt und die gleiche starre folge
dessen was geschehen durfte
meine worte sind zwischen weißen wänden und
alles wohin ich hätte nicht gehen können
was ich hätte nicht tun und lassen können
nicht wollen um auszuharren
wenn ich sage
was ich nicht sehe

## *auf einer langen straße einer blassen fotografie*

auch dieser abend scheint
um 19 uhr in seinem beisein
wie eine blasse fotografie,
eine lange straße zum bildrand,
im gegenverkehr
scheinwerferkegel, die kurz belichteten
einzelheiten einer haut,
die bei ihm ist wie
eine unterlassung
in vereinbarter wirklichkeit,
ein vertrauter atem zb., trockene
lippen, ein schmaler körper,
der übrigblieb in jenem vergitterten
kahlen raum, in dem weiß
ohne unterschied oder zeit
nach tagen, dessen leere
alles nahm, was war, wird,
stumm zurückzog das gesicht,
das gehör in einen fremden kopf,
in unbestimmte stille, ihn,
der sich festhielt
nur an wenigen fragen, gleichförmig
aneinandergereiht, der
antwortete, seine antworten
wiederholte, suchte,
was es nicht mehr gab
in der einzigen tatsächlichkeit
der frager, geräuschraster,
schreibmaschinen, in dem statischen
dreieck der angst, der enge

ohne bezug,
ein abgrund hallenden atems,
erstickt in jenem, der hörte,
sah und nicht verstand,
was das ist oder
was da später hell ist vor
seinen augen und sich bewegt
wie eine gewohnheit nur noch,
eine zusammenhanglose
wahrnehmung auf einer langen
straße, einer blassen
fotografie . . .

## *bei nahendem gewitter*

wenige schritte vor der abgewetzten weide, dem
wehr im gewebe von fliegen, bald, sagt wer,

um tröstend die gebärde langsamer ermüdung
nachzusprechen, nicht zu sprechen, nichts

von diesem schlüpfrigen gefälle zu wissen,
vom sprung über die eskalatierwand, in der pfütze

sich selbst widerfahrend, elektrisiert
über der kondensatorplatte des landes, weißes

pulver einer ausschließlichkeit, die nicht
mehr ohne schatten auskommt, ohne das gehen

durch glaskammern, regionen von druckerschwärze,
die vergrößerung der unbekannten seiten, teilweise

hielt die mittlere entfernung mich, eine europäische
namensform, vergessen oder wenig beachtet, wieder-

gefunden im geräusch des pfeifenden stahlspints
aus dem fenster, wiederverloren, von neuem war

die zusammengesetzte elblandschaft ein manöverfeld
aufblitzender laute (vorwärts deutsche jugend!),

starrten weite pupillen auf einen masten-
wald wie auf brennstäbe, das schwemmland,

auf dem ich anwesend sei, mich verästle in allem
für niemanden, in zeitlosen plattenzeilen,

inmitten der zeit, lehnen sich stacheldrahtzäune
an den kopf, erklären betreten verboten,

so fühlte ich durch die hageldecke hindurch,
daß es friert, stummer wortschatz,

welche verzweifelten partikel einer heimat?

## *leipzig, augustusplatz*

es genügt ja schon
mir nicht meine zeit
zu nehmen und wieder zu nehmen
was ich nicht behielt
in den langen paraden reihung
der helme zeitloser ödnis
von innen verharrt steckengeblieben
in der ferne
bin ich hier auf der straße
unabsehbar geworden
zu nah für mich
zu viel und diesen montag
nur wie eine beliebige fußspur im schnee
auf und davon geblieben
im gleichschritt
wo alles keinen sinn ergibt
sei ich jedermann
und was sich verläuft
unbemerkt und geregelt im schnee-
gestöber vorüber
im stillstand der eile
weiterzukommen
im nirgendwohin erblinden
wehen weiße deutsche fahnen montags
bin ich ein bild von mir
mit anderen worten
ein versehen
ein versprechen
und meiner bedarf's nicht

*er wendet sich um*
oder es scheint so, etwas erregte

sein mißtrauen, etwa ein bestimmtes
stimmengewirr, ein blutverkrusteter

fleck auf dem gehsteig
wie eine andeutung, sprachlos

aus vergangenem,
ein schlagwechsel aus angst,

der oder ich
oder umgekehrt oder je nachdem,

wer es schlüssiger belegt,
ein weißer fetzen papier,

verschwommen im tränengas,
vielleicht noch ein wortrest

zwischen lauteren formeln,
postenketten, ein fragliches

wer, wen, wie
in einem spiegel, der eigene kopf

darin fremd, unsicher:
er wendet sich um

## *marienbrücke, vibrierend*

tiefrot am abend
und wie alles zueinander paßt
weinte und
weinte ich bis zum rand
der brücke war's
nie die erschütterung
über einen verlust
nie das geleise
fraglosen sinns
nie die nahrung
für den nächsten frieden
ohne datum was ich tat
erfand die sorge das zeit-tier
im einsatz
tickend so krauch ich
ohne anfang um die halme
des vermißten
vertanen
drei kreuze
zum ersatz im stein:
goldene teuerungen
schwarze lebenshilfen
rote koordinaten eines fremden hirns

# II

# schotter und schwellen

## *zäh*

zähigkeit zu zeigen, zäh,
wie man sagt, den kopf

gegen den seitlichen schmerz zu drehen
und zu laufen, wohin

nichts wächst,
am frühen morgen

liefe heimlich ein dunkler reißwolf an,
ein gleichmäßiges vibrieren, fast unhörbar

in den schächten, die sekunden
abzureißen wie papier

vom gesicht, den farbtupfern
an den scheiben, zweidimensionale figuren

recken die hälse und drehen
das rad, am uhrwerk

wird getrickst, ein fließendes loch
zwischen ahnung und jetzt, als

gäbe es plötzlichen einen moment
einssein

mit mir und der stadt,
ohne wochen voraus, ohne pläne,

ohne erinnerungen, nur sitzend
in der bahn, es gibt keine leere, ich sei

nur eine eigenartige
exilvorstellung, die stille

am roten signal, völlig abgekühlt
läge der fenstergriff an der stirn

in einer zeit, wo alles möglich ist,
wüßtest du nur, das akkordeon

des russischen bettlers
spielte mit deinem leben

## *abend eines emigranten*

unleserlich
sind die striche
auf der pappe rumänisch
aus einem wörterbuch
gezeichnet zu händen
der illegalität leuchtet die reklame
auf dem bahnhof zum einsamen
selbstgespräch vieler
mit allen und niemandem und
den braunen augen
der völkerwanderung die ware
der fremde auf den bahnsteigen
wartende unzahl hier als echo
ohne geschichte nach den auffang-
lagern nur mit dem beleg
dieser krakel für sich und für die
bündel das schweigen
in tragetüchern dinglich ausgestreckte
hand am ende
des paradieses und ist nichts
und meinte nur
dieses kleine bleiben wollen einmal
bis zum abend noch zwischen
den gleisen erbettelte
spieglung in verglasten
türen wo nur mein kopfschütteln
sichtbar sein kann
das niemandem gilt nur
in der annahme
dem der dort vorübergeht

in einem einsamen
selbstgespräch ein reklameereignis
für das exil in seinem
spiegelbild ohne herkunft und
ohne jeden beleg für sich
dann zwischen vielen verglasten türen

*plattenbau*

knochenbecken das licht
zwischen gebleichten fingern zernagt
die haut ich kratze kalk
von den wänden weiß
es ist wer weiß
wer hinter dem geräusch
schuld ein schatten
an der decke gab es
tausende nummern
zu bewohnen schiffbrüchige
im strömungsschacht
und dachte
an die brownsche bewegung
der moleküle nebenan
beginnt der unterdruck und
schon wieder dieses scharren war
nur ein schmaler zwischenraum
für das wort leere die segel
der seele im raum und
ein blinder
passagier im luftstrudel
von den strahlern unbehelligt
von den namensschildern
obdachlos wer ist wer geht
dieses geräusch
nicht weg das mich friert
bis in die haarspitzen
nägel kurz vor mitternacht
liegt beton frei wie
weiße fingerkuppen

*aber die ruhe ist bleiern*
gegossen in die form der kapitelle
sequenzen die über die umgänge
in die irre gehen vergiß
nicht wir haben zeit
im weichen polster
versinken zwei leben schnell
wie dein gesicht unter dem meinen
dein haar fällt
ein arkantusblatt vom himmel so grau
imitierter marmor das alles
hat keine gegenwart erzähl mir
was geschehen soll und hinter
dem vorhang wird alles so bleiben
wie die wolken auf den bildern
treiben der weiße
arm einer göttin den schal
aus samt in den sommer hängt genau
so weinrot gemalt wie die farbe
auf deinen lippen
ist diese welt wirklich
ein gedanke um den anfang zu sagen
wenn du die augen schließt
und dieser saal barock
aus der erde wächst und
die erde aus dem saal von dorischen
säulen getragen
schweben kubikmeter nacht
in der kuppel ein dissonanter
tuttistoß vor der auflösung

in uns zu glauben wir
gelangten in irgendein
intervall

## *halbnah*

könnte ich dich sehen wohin
du nicht gehst
filmisch in der entfernung wie
in dem erfundenen schilf und
nach deinen spuren
als sand
der keine uhren kennt
täuschungen
im übermaß der form
zu formlos fließenden dünen
gläsernen retorten der zeit
reklame wie du selbst
nur eine bestimmte fließende bewegung
bist in die sich der wind leert
die fälschung des himmels
blau und halbnah
in bewußtlosen bildern
wo niemand von mir weiß
allein
wie ich nur die technik des vergessens
suchte ruhig zwischen den wellen
und nur eine ruhige welle noch und
vergeblich immer wieder
kehrtest du um
und ich fände
nie zu etwas zurück

## *skizze für eine tote schwalbe*

und wies auf die furchen unmittelbar
am zungenende
die gepickten mücken lautsequenzen
als blieben sie gültig über die
ins tiefe verschobenen
motorengeräusche
das für gleitflüge durchlässige
rauschen der klimaanlage
nachher die versuche das heckenlabyrinth
die zarten strichcodes
zu vergessen daß du von nun ab weiter
fühlst in allen übrigen
perforationen
von immer neuen motoren gestreift
winden
aus metall in diesem gottvergessenen
schallraum der keinem gehört
rauscht es zu einem fernen
pfeifton ›man wirft kuchen
direkt ins blut‹ zur skizze
eines kreiselnden blattes sich verwandelnd
in zwei flügelkeile blicke
des sinkenlassens des versunkenseins
schon nur noch eine schwanz-
spitze die so weiß war wie zucker
sich löst in mir sich
verteilende spuren
von zeit verfroren zu kilometer-
stein um kilometer-
stein

*warteraum*

die abgegriffenen karten lange
weile aus dem kopf zu ziehen tropft
ein überheiztes rohr auf jeden
kommen harte gegenstände wo das eigentum
endet in einem glas
zersetzen sich eiswürfel vor atmenden
blassen rümpfen
in textilien im schlaf
lösen sich mit den fasern
die verbindungen
zwischen großhirn
und außenwelt narkotisierte
träume der entwicklung
zu menschen eine frage des materials
sagst du auf den angepaßten sitzen
kann man nicht einmal liegen fährt
durch das gedämpfte neonlicht das lila
die zeit aus dem bild filtert
plötzlich ein absauggerät
für abfall und nässe
genau kalkuliert hinter vorgehaltenen
augen denkst du für sekunden
sei es leicht
über die schwellen zu starren
zu wissen dahin geht eine strecke
solange man den kopf nicht dreht

*notiz*

beschleunigend setzt sich die landschaft
fort, ein abbruch am quadratischen
fenster des zuges,
ein schmaler winkender arm,
der gekonnt wie ein dürres blatt im
herbstlichen drehbuch
des windes zufällig hinabkreiselt,
an einer schulter hängenbleibt, wie
ein ärmel zwischen schotter und schwellen,
den man sieht über wochen,
naß und ölig, aufgeweht und mehrmals
überfahren wie eine metapher,
sinnloser anblick, eines anderen
textes dieser wahrnehmungen

*d-zug dresden-krakow*

nach osten hin
schweigt sich das feuchte land aus
jenseits
mit der absurden geschwindigkeit
für alles ohne konturen
weiß ich nicht mehr näher und ohne ort
hinter einer grenze verglast
im abteil
zu sein bin ich nur noch der zeit
verwandt wie irgend etwas
was ich gestern noch
hätte sagen müssen
zuletzt und irgend jemandem was jetzt
nur eine einsame funktion des regens ist
eine vergessene handschrift
in den namenlosen scharen
auf dem transport und anderswo
nur reduziert zu einem punkt
bewegt von a nach b und
die einstellung
einer immer anderen kamera läßt
mich so als bild ohne bezeichnung
immer weiter zurück
und deutsch und in weißen birkenstämmen
stückweis auf den kohlehalden
in inseln ausgespülten grases
goldenen bergen von zähnen
sei ich dort frierend fiebrig vor fremde
wie dann der zeitlose schaffner im gang
vorbei an den verfallenen häusern

des jüdischen markts
in kazimierz endgültig
meine fahrkarte entwertet
weit hinter der grenze
zum möglichen ende eines films

## *rampen*

I

als sei der raum begierig auf jenen knöchel,
der spitz in die ferne weist, wie sich licht
beschleunigt, jahrelang, die sehkraft
abnimmt, ein mensch?,
in den geräuschen hausend, fest verankert
im stoßen der räder, ein glied
richtete sich im verborgenen auf:
vielleicht haben sie sich vervielfacht,
da es drei tage her ist,
daß sie beieinander waren, die reinen
formen noch, ein bloßes
vermögen zu sprechen, zu flüstern
unter ihrem bauch, im lichtlosen
strömen von flüssigkeiten
in der tiefe, weiße,
wissende gene, die ihr ähnlich seien,
über rasenden achsen sich teilten,
zwischen lauten
aufgewirbelter rampen und schwellen, sich
ständig ändernden namen für etwas,
das immer schon verschwunden war,
wie signale
einer unbestimmbaren herkunft

2

... aber starben bündelweise wie trocknende
kräuter auf dem rost, starben spurlos wie
quallen bei ebbe in der sonne
zerfallen, und hand in hand,
lückenlos, halten sekunden zusammen, was
ein buntes gartenkleid war mit vielen taschen
und ein löffel erde und zunichte,
an dem blauen
fleck kornblumen dort, sagte jemand, ein blinder
fleck, ohne den nichts zu sehen wäre,
mit den worten
kannst du nichts machen, bist du auch ein ofen?,
oder ein graben?, zwischen stark besiedelten
krumen einer schöpfungs-, einer
erschöpfungs-
geschichte, die einer weint, um zu verstecken,
was sie aus ihm gemacht
haben, stockend (wie überzeugend
es hier blüht und schatten wirft),
wo die verschwundenen
uns wie gleise austreiben

3

... eine kälte ist das (logos wollen wir
nur mit logos übersetzen), du hörst das pochen
der räder, und hörst nichts, und
das pochen an den unebenheiten
des bodens widerhallend, mit schwellen übersät, und
kehren um und kommen dampfend näher und wiederholt,
wie wuchernde farne sich
im schotter, wie sich bruchsteine berühren,
bandschleifenartig
weichenbewegungen löchrig in die ebene
schnappen, ahnst du ihr flaches wuchsgebiet,
wie es alles verdeckt,
vogelknochen, vogelkot und das plötzliche
ohrrauschen (was gilt?), senkbleiartig
aus dem gebüsch fallend, und
mit weitergehen ist hier nicht viel getan,
wir verlängern nur
unsere abwesenheit, wie du auch rufst,
sie erinnern
nichts, ihnen entfällt nichts, es
ist nur das vergessen, in dem du fischst

*heidefriedhof*

geläut
zerrissen mit dem wind und
späherrufe kreischende häher
ins moor hinab bricht das
geäst der schwur
hundert für tausend
namen auf dem feld
und der ehre zu lassen knarren
die stämme funkspruchartig woher
kommen die töne die skalen darin
der sohn erschrickt ob seiner
stimme wer bist du und
ich will nach hause und
kein kahlschlag keine harmonische
uniform löst den heulenden
stahl der säge in der grauen
glatt rasierten
wölbung des himmels grund-
ton der gräben auf dem marsch
ist kein vatersname zu zitieren
kein durchschossenes kreuz
zu memorieren im zweiten
dritten glied steckt
verfroren ein geschütz
im eingefaßten
schlamm zerfressen landeinwärts
von rostigem stacheldraht umzäunt
folgen krater nach dem letzten
augenzeugen ist kein ende
mehr abzusehen

## *einem unbekannten flieger*

zum horizont hin häuften sich
diese schwarzen flecken
verrauschte
stimmen er wird fallen oder
steigen läuft der film zurück
wird eine fahne gehißt
an diesem feiertag
dem niemand entkommt ein flieger
über den wolken schräg
in den kurven liegt die landebahn
vor ihm hinter ihm wird nicht
kenntlich kein land
in sicht morst er
nackte angst in den äther
der sinne daß es nur ein einziges
leben ist das in den herzkammern
pocht das gekrümmte all in schnellen
drehungen rauscht ovales nirgends
eines bildlosen
gottes vor dessen tod
im unterdruck

## *es war, was sein wird*

es reißt ihn
fragiles geschoß beschriebe
eine hyperbel in die luft
die dünner wird entweicht
als wäre seine stimme außerhalb
zu hause brüche und creme am morgen
keine taube
die abstürzt mit dem schall und nichts
bohrt sich mehr in den stahl
an der mulde hieße der winter
harzgeruch im schuppen abgetrenntes ohr
an der stummen gedächtnismasse
der unauffindbare
ort wo er sei am asphaltweg
durchs dorf in dem niemand sterben wird
da die fernsehserien kein ende haben
sind die wurzeln
alternder frauen ins blasse blau
ein unerfindbares
bild wenn er bei tisch einschläft
und die nacht unentschuldbar wird
in der lautlosigkeit keines traums
dächte er in der regelmäßigkeit der tage
alles sei endlich
schlössen sich
die tore zum haus nicht
nach seinen berechnungen selbsttätig

## *13. februar, 91*

es ist am rande eine berührung
in der du mir fehlst nur der form
geschuldet
zwischen den unverständlichen
meldungen der verwüstung
zerbombter grund der mit mühe
gelungenen distanz zu-
einander die irreal ist
wie die zeit
eines abends im asyl der stimmen
die wir von uns
verschweigen die lippen
auf einer schweißigen hand
in einer hand wenn
du weiter fort-
rückst ähnlich der funktion
des windes wie der rauch
flieht nach
norden schaust du dich
noch einmal um ohne
umkehr ausgeufert in
zahlen die den tod
absorbieren schwarz
in den kellern eines datums
eines warmen mundes sätze
die von unserer angst
sprächen und nichts besagten nur
am rande fern noch
eine berührung behaupteten
in der ich dir fehlen soll …

## *in amman*

*mit den versuchen*
*schneller und schneller den augen das bild*
*des asphalts und der palmen ausgeholzt*
*zuzuordnen* ob das vergangene
mit dem leben endet
im kehrvers von jahr und tag bei rot
an der kreuzung stünden löchrige modelle
von mercedes seit dreiundvierzig
der kurzschluß in der zeit
vom odeion zur szene
der schläuche in den mund nikotin
inhalierender menschen sang
ein bettler im süßlichen geruch ranzigen
öls neben mir kehlige
sequenzen german
und immer wieder
german nazi? nannte er mich bis
in der gebrochenen artikulation
der öffnungen
der zeitformen der wurzelnden denk-
steine des ausgelassenen areals
zwischen worten mir kein halt
bliebe wie viele aufgeschnittene
ascheschichten wie wenig anders hinter jeder
kurve säulenphalanxen einer anderen nekropole
den hades simulierten für einen dinar
war der ausgang der eingang
im rhythmus
der weißen markierungen befragt german?
hitler kwaiyis ... wurde ich langsam

herausgeschnitten
wortwörtlich blinkende
skalpelle von bremsen umsurrt im
rückspiegel des körpers zwischen den abfahrten
steckten eingewachsene granathülsen
abradierte flecken von knochen
und haaren wie säure geätzt in die
leiterplatte der überkommenen
haut der herkunft des automatischen
schaltens in einen anderen
gang woher man ungerührt
die leere nachher annähme
sie für die härte
einer mark gleich wem und wessen
übelkeit von wasserpfeifenrauch und arrak
ohne jede spur ohne
jede erinnerung verlosch

## *februarbilder in jerusalem*

1

vierkantmaske, als sei das lokal ein stamm für weise
geschlechter, heimatlos, wie soldaten anhängen, sich

zu tode aufschwingen, singendes laub schlägt von blatt
zu blatt mich taub, die frühlingsmelodie aufs hassen, du

trägst namen auf dem tablett, das kaddisch,
wie vor dir keiner kam und niemand folgt, sind wir

im fixierbad geblendet, schwarz, das den tod in sich
aufsaugt, das schlichte aus, das die gesichter noch

als flecken auf dem negativ bewahrt, ich kann mir
keine menschen davon machen, nur baracken, rauch und

schotter, dieser film hat nie ein ende, zählt und zählt, und
es ist kalt, jetzt holt dich keiner mehr, erzähle niemandem,

was ich gesehen, zersetzt die aughöhlen, auf einer leine
hängt mein mantel neben nassen fotos, grabbeigaben

2

duldsam klärt fixiersalz das papier des lokales,
meine nacht, du nacht, schreit nach einsamkeit,

die gläser vibrieren, besoffene soldaten warten
auf eine heimat, am ende der zeit, ein zögern,

blutlos auf schwarz-weiß, schwimmen körper in der
schale, wenn das bewußtsein schwindet, erfindet jeder

seinen antihelden, nur vom rand her gibt es die wunde,
die dauer, bis ein loch vergrindet, und nichts verrät,

wohin die toten ausgebrannter städte, die schatten
der beben verschwunden sind, unter dir, umhüllte

tische ragen in den riß im mauerwerk, anstelle unserer
köpfe werden gräben sichtbar, wenn wir uns schlafend

stellen, in den konturen von sarkophargen,
reicht das gedächtnis, bis das blitzlicht verlischt

# III

# der gefesselte sänger

## *am anfang des vorigen landes*

ich möchte weinen so
einsam war es zu harren wie
immer auf eine ankunft die sofort schon
abschied heißt im terminal zerfallen
die umrisse des menschen
wie feine eiskristalle in den gängen
ward niemand mehr gesehen
*follow the arrow* aus der maschine
ausgestiegen und fort
wie ein plötzlicher schneefall
in der wüste zeitunsichere
tierherden aus einer anderen
zone der erregung war ich selbst
nur ein wort in einer fremden
sprache *me'ajin bata* das foto
eines unbekannten
im handgepäck vertauscht im
erzittern des bodens am ausgang
zum nächsten kontinent kam niemand
denn niemand ging
es trieben nur klebrige
pollen in der zugluft
körper wie koffer abgeschoben
auf das keisende transportband . . .

## *befunde*

1

hunderte mücken, schnaken umschwirrten
die flammen, ruhlos wie mein puls schwärmten
hungernde, aus den erdritzen, aus knochigen
rücken wüchsen gläserne flügel, wie es wimmelte
im gestöber menschenentzündeter lichter, mich
stimmen verfolgten, *give me dollar, give me pen ...*,
an meinen taschen tastend, in haaren und falten
krallten sie sich fest, ihre schreibbewegungen,
eßbewegungen in den wind gehackt, flackernd,
doch es verzehrte sie, durchsichtige panzer
brachen knisternd wie bettelschalen in der hitze,
qualmende stoppeln, wo die erde ihren mageren
brustkorb zeigt und die sterne mit den augen
matter säuglinge stieren, wird von der festigkeit
verbrannten stoffs meine zeit sein, ihre zahl zu
vergessen, rauchend, antropomorph in den föhn

2

prora, ertrunken in schlaf, in der nacht mineraler
bewußtlosigkeit lägen wir am strand, keine fünfzig
meter reichte die imagination, es trieben glasaale
schlängelnd durch das betonskelett, nur diese form
sei in der strömung denkbar, umzingelt von wasser,
wachsend über stirn und nacken, weithin gegen norden,
beschriebe ich dir den weg von den außenmauern in das
sumpfgebiet, nach innen, abgesperrt unter den kurven
raunender projektile, gerüchten aus den schlammigen
tiefen gefluteter kelleradern, blubbernd (als der taucher
herauskam, hatte er aschfahles haar), das paradox,
daß sich die bewegung, gezeichnet als distanz immer
wieder halbieren läßt, so daß im rennen, im kriechen
unter den rostigen zäunen selbst der schnellste posten
die fliehenden nicht einholt, warteten wir erschöpft am
kraterabbruch zur see, rein und weiß gescheuerte dinge...

3

die ohrmuscheln in den händen verborgen, hörtest du
nicht das rumoren der erdschalen, nur ein knirschen,
wirbelbewegungen, diese gabe (als könnten wir uns
selbst im losen abraum einrichten), wärme erzeugen
zu können, wenn frost schon das innere lähmt,
verschnürte ein förderband mit immer demselben
knoten: kohlebatzen, gleichmäßig wie zeitangaben
auf die laster stürzend, während das loch in der
erinnerung mit trübem wasser volläuft, eine schürfung?,
wer in diesem lärm steht, kann ohnehin keine andere
stimme vernehmen, harte straten spurlosen todes,
horden in kakifellen, die sich darüber zerfressen
(als sei der hunger ein sensor über dem abwurfgebiet
der statistik, treiben eingesickerte seelen im erdreich),
halden aber bewegten sich, spitz wie zungen, im
flutlicht werfen sie ihre schatten auch in deinen mund

4

für die dauer eines blickes nach oben, leichter als
wind zu sein, blinkten höhenruder, waren feinste
wattespuren wie nadeln an der naht von dampf und
eis durch die atmosphäre gezogen, doch schon als kind
lernte man lesen: flieger, im inneren die spritzen gegen
cholera und minen in der form von kugelschreibern,
passagiere, deren exkremente wie gestein in die luft-
löcher fallen, tanks, doch die linie des horizonts war
ein paar grad dunkler und der tierkreis, vom ende her
gedacht, eine nächtliche erfahrung mit leeren stellen,
pigmentresten im videotext, als ein grund verschiedener
neuer fieber: in den träumen lag die erde plattgemacht
wie eine scheibe, schräg, aber die instrumente bestimmten
sehr genau den einstich, keine unruhe, nur ein winziges
loch, da auch ich ganz ohne spuren geblieben war,
im sich auflösenden nebel, unbekannten orts

*bruchzonen*

I

an diesem zerbissenen schlauch im mund wüßtest
du, der ursprung aller wesen sei das meer, worin
die erde schwebt wie ein rochen, fluoreszierende
korallen drehten sich nachts in warmer salzlösung,
verkrümmt wie ein embryo, vor erregung zitternd,
schwimmst du, ahnend, wie ein reifes ei im schleim
versunken sich verdoppelt über dem offenen grab
des ozeans in das leben des anderen tod, gäbe es
kein zurück mehr, strampelnd um die nackte zeit,
sei das riff ein erratischer chor von frühesten
ängsten vor stacheln, vor blutroten kiemen,
wo membranen dich zerteilen, bis du dir völlig
fremd bist, entkräftet unter dem ewigen herzton,
erschrocken, daß die bewegungen zu dir gehören,
sinkst du wie ein vergessener name hinab in
das gedächtnis eines vagen ich bin, der ich bin

(ras muhammad, Sinai)

2

ähnlich nach der detonation würde eine längliche
staubwolke die wundränder des hauses betasten,
die ädrigen gänge der jahre, schmerzend, wie alles
verlischt, drücktest du das ohr einer puppe an dich,
bis zum abriß das stählerne pendel in die zeile
schlägt, falten und brüche, und tapeten zerfallen
zu schlamm, durch die körper rinnen flüssigkeiten
ins erdreich, im duft der kreislaufmedikamente,
des katzenurins bräche dein genick in der kehle
nasser mauern, als umriß, abweichender schatten
eines jeden über generationen von anstrichen,
verpilzte zeit, hast du angst um jeden gegenstand,
faßt, was du kannst, hallend in der hirnrotunde
des okzidents ist das schwinden fixiert auf einen
trichter, treiben stücke dieses gefrorenen museums
in wessen erinnerung? ins ungewisse fort?

(dresden, pieschen)

3

nichts hat dich ereignet, inbegriff grauen
meeres, ergrauter windstille, an einem abend,
seitlich dunkler werdend, verhilft der sog
eines gleichmäßig schwimmenden schwarmes
zu deinem schwimmen, welche schönheit, sich
von nichts mehr zu unterscheiden, in immer
gleicher entfernung vom epizentrum, vom innersten
kreis der kräfte tausender flossen, dem gedanken
an einen an der spitze, idee der ebbe, der flut,
wer immer du wem verfällst, wie deine haut
sich riffelt, du jähen spurwechseln folgst, im anstau
der wellen, unkontrollierbar, von schweinwerferkegeln
durchleuchtet, mit runden lidlosen augen in die tiefe
starrst, seit wann?, wie einer, der zurückbleibt,
von sinnlosigkeit entkräftet an die klippen klatscht,
an einem land, in einem meer, ohne ufer

(fährhafen mukran, insel rügen)

4

graue entwertete fahrscheine aus einem vergangenen
zeitalter, wie ein palimpsest das schreibpapier über
dem unentzifferten text zerschnittener baumstämme,
ein senkblei, ein runder stein mit blutroten
kristallen im inneren wie ein zweikammerherz,
von bindegewebe umschlossen, ein leerer setzkasten,
eine hand, die nach etwas verlorenem faßt, am ballen
beschädigt, eine schienenschwelle, eine polierte
glasplatte, schwer wie die stummheit der dinge,
das wortlose, der hauch von der scheuerleiste
an der esse, die strömung der elektrisch bewegten
wasseroberfläche eines aquariums, an den wänden
bilder von fenstern, wie vom frost aufgesprengt,
die aufnahmen von pupillen unter einer lupe, was
erkennend?, im spiegel tropfen von schweiß auf
übergroßen membranen, die buchstaben n - i - e

(dresden, neustadt)

5

erwachend mußt du an das bild marjams denken,
ihre haut von sandstürmen zerrieben, grindiger
stoff der gesteinsfalten, an aufgeschürften stellen
bricht nässe durch die senken, den lippen ein
augenblick innehaltenden erbarmens, gebeugt über
den kopf eines kindes, wo insekten wie staub fliehen,
nahen und fliehen, kleine fliegen, die sich langsam
in die lider einbrennen wie die hitze ins klammernde
flußbett, eine lache, im pupillenloch zerfällt, was
vor dir liegt, verwitterte formen der zeit, rollst du
nervös wie abgegriffene pfundnoten in der tasche am
glasigen übergang in eine andere klimazone, dort
auf der ausgestreckten hand der wüste, war es als
flüstertest du, mitte meiner strecke, zurückgekehrt
zum anfang, wäre es eine mitte, ein durstender
mensch, der langsam sein bewußtsein in dir verliert

('ein hodra, sinai)

6

dann würdest du im torbogen diesen hockenden
leib sehen, verkrümmte finger in die stirn gebohrt,
falltrichter, vom frost in den schädel getrieben, ein
von erleuchtungen verbranntes ledergefäß, gefüllt mit
staub, der in der sonne singend etwas wie den einklang
mit allem meinte, äther ordnungsloser geräusche, an
stahläxte erinnernd, seit anbeginn helle schläge, bis
du hier gewesen bist, als würde eine person, frei
erfunden, dich weniger hinfällig machen unter der
ahnenmaske jener fremden, nie verstummenden sprache,
fließender paradigmen des gerölls auf den löchrigen
lippen der dünen, lauschtest du unter der bleichen
kutte diesem rauschen, wie zu atem reduzierten
gebeten, des windes saugen an den warzigen pupillen
der felsen, in die brüche des gesteins blickte reglos
ein gekko wie in dein gesicht, das vage wen erinnert?

(gebeinehaus st. katherin, sinai)

7

so löschen die risse im blinklicht das ufer, starrst
du, sperrangelweit offenen auges, auf die zerhackten
bewegungen von fliegen auf den lippen, zu paaren
tief in den unterleib des schiffes gegraben, ist
der körper ein kehliger laut, gewachsen aus den
stahlbändern, schwimmen menschen wie intervalle
von aufschrei und zerfall durch die kolbenschläge,
in megaphonen verstärkt: ›wie gesagt... du mußt es
nur glauben‹, kriecht wer kann noch tiefer, entlang
der trennenden wand, das leben besprechend wie
eine leere tonspur zur totale des öls in den wellen,
unbenannten denkströmen, treibst du wie ein auf-
geweichtes formular in der gischt der geräusche,
tauchst ab in der beschleunigung, unterwegs
tauscht einer sich mit dem anderen aus, daß
niemand bleibt auf diesem exodus übers meer

(gastarbeiterfähre nuweiba-aqaba)

8

bis zum abbruch der mauer reichte dein schatten
über die gräber, zwei platten für seele und leib,
je über dem steinigen abhang, läge die aufgehende
sonne wie ein grind auf dem jochbein der wüste,
den kopfverband durchschlagend dringt das echo
eines gebetsschreies vor, wo dein körper vorübergeht
am ende des zertrümmerten kenotaphs, täuschte
der wind, hing wie ein rötlicher lappen, scharrend
in den versandeten augen, wie du blind auf die knie
fielest, speichel auf die lider drücktest, gewürgt
von böen, scherben gebrannten schlamms, in der
kehle, gekerbte vokale der steinfigur, setzten dich
unverständliche reste toter sprachen zusammen,
flimmernd über den schemen der gebeine, als müßte
es sich konstruieren lassen, als erklärte die anatomie
des auges die kreise, das bild geosteter knochen

(nawamis, sinai)

## *kithira*

in diesem trockenen licht sagst du
sind wir wie irdene
wassergefäße für die tempel
der göttinnen auf
dem berg gehorsame
früchte des windes von deinem fleisch
löst sich ein fasriger kern
nichtsahnende figur mit der zunge
auf menschengröße modulierbar so
liegen wir im august im september
erzählst du über den sand
führt eine geschwungene
linie von deinem hals in die weiße
mandel der sonne so als faßten
deine kühlen hände die böen streichen
das haar wo wir zusammenwachsen
ist der rote ton noch ungeformt am ufer
liegt die ausgewaschene rippe
eines nicht erkennbaren säugetieres schon
laufen die erinnerungen
auf augenhöhe fort über die flache
erde die hügel zum geschlecht

## *tempelberg*

1

die kuppel aus gold wölbte
sich zur ferne
des abendhimmels, blutend im scheinbaren
sehfeld des menschen, jeder stein
war ein gedächtnis
nach der art von träumen:
»du erwachst in plötzlicher atemnot
und die erinnerungen rasen
fort auf einem weiten
menschenleeren platz«, es
zeichneten buchstaben alles gesagte
zum ungesagten, flossen
blaue ornamente aus tiefen
zisternen zur handschrift,
über mein fenster schweiften
die beschlagenen augen, der fels
war nur noch gestein und ausgehärtet
von gebeten, einsam und frierend
läge ich später
im bett, die nächte waren schlaflose
biographen der schnellen tage,
eine sekunde angst,
dem herzschlag entsprungen, schwarz
durch das eine steinerne kugel irrt,
und schon glauben wir uns alles,
wir löschen die vergangenheit,
wir warten hastend,
ohne schlaf …

2

wie eine schaukel
heillosen bodens an seilen
hingen die unerlösten kontinente
wie kippas an der
klammer um den pfahl zwei hoden
rosa aufgespießt ein
schafsgehirn bläßlich
gewässert die anatomie
des lebens läge unter den augen
der fliegen am boden er schien
sich im heißen staubwind
der gebete zu falten zu heben
von fremde verlängert
zu fremde moria durch den brustkorb
des gebirges zog sich
eine gemeißelte rinne für das blut
der opfer jahrtausendealt ein schrei
versandete wiederholt
an der mauer die mich trennte
in das nirgends der völker
ein messerschnitt
durch das gedächtnis lief die straße
als könnte ich tiefer noch im grund
der knochen das leiser
werdende röcheln
eines fehlerlosen
tieres offener kehle
erinnern

*der gefesselte sänger*

*einmal sah quais, nachts über der wüste, die fließende*
*gestalt lailas; seine stirn war eine lawine in erwartung,*
*ein pochendes summen als welle, die sich über jahre weit*
*um ihn ausbreitete, um einmal dieselbe welle in ihm*
*zu sein, in ihrem äußersten umfang: unbewegter sand*

*(nein, falsch erinnert: er kroch auf allen vieren,*
*suchte eine kreatur auf du und du, und sei es eine*
*gottesanbeterin mit ihren hypnotisierenden greifern)*

I

es wird nicht ein wandernder planet in der nacht
bleiben,
und die nacht wird nicht bleiben,
mit mir werden einleuchtende
gründe für den zufall verschwinden: lichtnadeln
im ätzbad des föhns über
der kupferplatte des hochlands, positions-
blinken im leitstrahl zwischen castor
und pollux, unscharf
wie flimmernde ultraschallbilder
von embryonen, in zischelnden
spalten zwischen den schollen
asiens und afrikas fürchtete ich
allein die regeln, nach denen verstanden wird,
das ›ich bin der ich bin‹ eines langen echos,
singend über körperwarmen
höhlen aus nacktem basalt: das säugetier
ist tot
unter dem abgebrochenen steinhaufen, oder
fast tot,
nur ein gedächtnis von lauten
hallte, die es den hartnäckigen rissen
des vergessens gab: gott oder aas

2

listige kniffe im restlicht: es gibt besseres,
immer, irgendwo . . ., du streifst die blasse
haut über, die wippenden strümpfe, die enorme
wucht eines blitzes: rote augen
vergifteter
träume, die mich verfolgen, was wollt ihr?
verkehrt nur kenne ich mich, den flüchtenden,
der mir entgegenrennt,
möchtet ihr
dieses denkende, graue labyrinth
mit menschen füllen? ein loch wehen,
in das jeder hineinpaßt? sein verschwinden
bezahlen mit einem bakschisch, silberchlorid
der voyeure? daß ich wie ein leiser
mutant in der schale
einer boeing auftauche, Kopie
eines paßbilds, ein schwieriger
name, den am ausgang gekühlter
kapillaren zum gate
niemand mehr trägt?

3

ein kalter atlas wuchs mit den haaren über
die stirn, die ausgetrockneten
flußtäler, gesichtsnerven,
von fallwinden erregt, wie sie von innen
den richtungssinn ahnten: ostwärts, an die grenzen
des reifstarren orbis, kam wie von selbst
der moment, da er wußte,
daß er den kopf wie
im gefrierfach, in vakuumfolie
bewahren mußte, um seinen glaskörper
durchscheinend zu halten,
und hinter der netzhaut sich selbst
in klaren,
seitenverkehrten bildern, wer
auch immer es sei

4

sein summen war
wiederholung: gleichmäßiges knirschen
verdichteten kalks am grund eines verdunsteten
ozeans, hinter den irrgängen
der felsen lag eine ebene grauen staubs, die
keine gewächse hervorbrachte, weder
angst noch
hoffnung, nur die möglichkeit weiter
zu laufen, heimtückisch
waren die geräusche der schritte, wellen,
anderem eher gehörend als sich selbst, ging er
wahllos
durch eine litanei von schalen, muscheln,
geröll: gebrochene
augen des todes, langgestreckte
eier, die flimmernd unter der hitze
sich teilten
in blendung und spieglung, irgendwann
sah er eine aufrechte
gestalt, nahend oder entschwindend, ihre arme
offen in einer unbestimmten bewegung, etwas
zwischen kreuzigung und
schwimmen: wie sand,
das sichtbare löschend,
über seine bindehaut glitt, daß
er alles von ihr
vergaß, außer ihr

*nativitas*

1

*nativitas*, dieses wort wie zusammengewehte töne
hoher glocken würde genau über das durchlöcherte
holz passen, in wachs gestrichener lufthauch
der hügel, die höhlung umgebend, in der eine frau
erschöpft schläft unter nachgedunkelten
ziegen, die abgeblätterte
steinkrippe mit dem kind und der gebetsnische
einer anderen zeit, all dies in erdfarben
auf einer gewölbten ikone, atemstöße,
vorsichtige, sich wellende, nässende
finger, die auf etwas jenseits der erhaltenen
fläche weisen, über ausgekratzte
gesichter, irgendwelche nackten beine, rumpflos
auf einem weg ins leere, so unbekannt
wie wir uns selbst, weiter nichts,
sind diese figuren,
ganz voll von unsichtbarem, flecken,
die bis in die netzhaut reichen, uns
mit ihren augen nachgehen, rissen
in der maserung, der zick-zack-jagd
in den strichen fortgesetzter
übermalungen

2

dies ist die geschichte der angst
des embryos,
was er gewesen war, wieder
und wieder geschehend, hinabgesehen,
wo zwischen daumen und zeigefinger
nichts mehr zu rekonstruieren war
im glas, feine kanülen
alles, was er von sich wußte,
abgesaugt hatten,
wuchern ließen
im kopf eines anderen, was
für ein hirnrissiges produkt,
die seele
an den ort der zeit einzugraben,
in ein selbstloses wesen, als ratte
getestet,
nierenlos, herzlos, augenlos,
nach vervielfachung lechzende
innereien, einzukehren in die ewige
jagd, erstes und letztes
leben auf dem nährboden
(wer gut kommt, soll auch gut essen),
sind vater und mutter
in keiner person, sich teilend
in ein drittes fort-
pflanzungsfähiges
konstrukt ihrer angst

## *vipernhaut*

ein kriechtier, dort
verdurstend im losen
sand, miserere, mutter,
wir glätten die spur
deines bauches, den perlmutt,
die bronze, glockenschwer
im schlängeln, der geburten
gebärender schmerz, wuchern
zu schuppen, unter
den händen zer-
fallend, tränken
der ewigkeit grauen
schwamm mit formalin,
archimedes'
hebel war ein spitzer zahn,
zurück-
geschnellt, der fiktive
schauder des lebendig-
seins, läßt die sprache
zurück, an keinem
anfang, das all,
an einem faden,
tonnenschwere leere
an einem faden
von schleim nur hängt,
wie ein zitat,
creatio dei ...

*verschollen*

wie ein floß schien sich sein körper
zu entfernen, schwamm im sand, die zeitlose

urform einer welle, im ersten regen seit
jahrzehnten hier, da in hohen spiralen der wind

auf sich selbst schlug, so abstrakt, daß das auge
keinen festen punkt fand, während die pflanzen

diesen kleinsten, nassen zwischenraum nutzten,
um zu wachsen, samen zu bilden und zu sterben,

wie meteore erglühen oder sternensysteme
in ihrer letzten explosion rot aufleuchten,

eis und staub nannte er das erste menschenpaar
in seinem traum, starrte tagelang

auf die geröllhaufen, ihre tiefe war unbestimmbar,
ihre dichte wachsend mit der zeit, wenn es kühler

war, wühlte er in diesen atmenden gewölben,
zählte scherben, knochen, behauene steine,

schwellensteine, steinpfosten, querbalken, im losen
schutt lagen gesichter aus lehm, nachgeformt

über den schädeln dieser zerfallenen horden aus
angst vor dem nichts, waren hunderte pfeilspitzen

angelegt auf eine pulsende mitte, eine geringfügige
unordnung von zellen im kosmos, wie die einstiche

von schlangenzähnen in eine numerisch erfaßte
leere, wuchs aus seinen gesichten,

gleichmäßig oder gräßlich,
ein einsamer himmel oder die hölle

*rosh ha-nikra*

hallend in den gewölben
des tertiärs das verlöschen
der realien gesagt
zu haben ist die kreide
ein erfundener grabstein meterhoch
die gebeine unter dem mikroskop eine
kreisende flucht von
möwen klagen und klagen hörst du
siehst eh sich deine jahre schließen
sind die formen der felsen
der geglaubte sinn
des vergehens als ob ragendes eis
an der tafel des meeres in drei zeilen
schreibt was von jedem bleibt der rest
ist die wiederkehr der
brandung unter
blauen scheiben unter
grünen wenn es schäumt
milliarden und nichts
was du suchst wenn du meine
hand suchst die wellen
brechen mit allem was war

## *Wadi Thekoa*

vereinsamt in der steppe
beschrieb ihn das gesetz
zu schweigen, seine herden
zogen ferner in die unglaubwürdigkeit
eines verborgenen namens, eines schicksals
in anderer hand,
eine kosmische dunkelheit,
als wehte nicht schmerzend der staub
in die augen, gleichgültig wem,
bis sie erblindeten, bis die zähne
kurz und abgeschliffen waren
vom gelben wind, der prophet
des zornes riß schluchten auf, der ihn gesandt
verschüttete sie,
wie ein knabe im sandkasten
die hügel glättet,
glatt, ganz glatt, zu absurd
war das graben,
er war nicht mehr zu finden,
er ging und nichts blieb zurück,
ein nachfahr von nichts im geschrei
der krähen auf dem grab des vaters,
der sein gebet noch verstanden hatte,
flüsternd, der sand
allein überdauert die zeit,
indem er fließt und wandert,
als das stetige gebot
zu graben und
zu graben . . .

## Erläuterungen

*Übigau*
Stadtteil am Elbufer in Dresden

*Prora*
Dorf auf Rügen, bestehend aus einigen Fischerhäusern und einem kilometerlangen Kasernenkomplex der Wehrmacht, später der NVA

*Kazimierz*
Jüdisches Viertel in Krakow

*Heidefriedhof*
Weitläufiger Friedhof mit Massengräbern von Gefallenen in der Dresdner Heide

*Odeion*
Römische Ruine im Zentrum von Amman

*Quais und Laila*
Gestalten eines altarabischen Mythos (nach dem beduinischen Dichter Quais ibn al-Mulawwah). Die beiden Liebenden werden an ihrer Heirat gehindert. Quais sucht – als Mağnun (»der Besessene«) durch die Wüste irrend – Zuflucht in Versen an die fortgezogene Geliebte. Darin wird Laila zum reinen Bild verklärt, in dessen Betrachtung Quais bis zum Tod in der Einöde verharrt. Eine Ätiologie der altarabischen Dichtung und häufiges Motiv in der islamischen Mystik.

*Kithira*
Griechische Insel südlich des Peleponnes

*Rosh Ha-Nikra*
Kreideberg an der israelisch-libanesischen Grenze

*Wadi Thekoa*
Trockental in der Judäischen Wüste

*Inhalt*

*II*
*schotter und schwellen*



*III*
*der gefesselte sänger*

## Deutschsprachige Literatur in der edition suhrkamp: Lyrik

Brecht, Bertolt: Ausgewählte Gedichte. Auswahl von Siegfried Unseld. Nachwort von Walter Jens. es 86
– Buckower Elegien. Mit Kommentaren von Jan Knopf. es 1397
Celan, Paul: Ausgewählte Gedichte. Zwei Reden. Nachwort von Beda Allemann. es 262 und es 3314
Draesner, Ulrike: gedächtnisschleifen. Gedichte. es 1948
Drawert, Kurt: Privateigentum. Gedichte. es 1584
Eich, Günter: Botschaften des Regens. Gedichte. es 48 und es 3306
Enzensberger, Hans Magnus: Blindenschrift. es 217
– Die Furie des Verschwindens. Gedichte. es 1066
– Landessprache. Gedichte. es 304
Falkner, Gerhard: X-te Person Einzahl. Gedichte. es 1996
Gräf, Dieter M.: Rauschstudie: Vater + Sohn. Gedichte. es 1888
Grünbein, Durs: Grauzone morgens. Gedichte. es 1507 und es 3330
Handke, Peter: Die Innenwelt der Außenwelt der Innenwelt. es 307
Happel, Lioba: Grüne Nachmittage. Gedichte. es 1570
Hodjak, Franz: Siebenbürgische Sprechübung. Gedichte. Herausgegeben und mit einem Nachwort versehen von Werner Söllner. es 1622
Huchel, Peter: Gedichte. es 1828
Kling, Thomas: geschmacksverstärker. gedichte. es 1523
Köhler, Barbara: Deutsches Roulette. Gedichte. es 1642
Kolbe, Uwe: Abschiede und andere Liebesgedichte. es 1178
– Bornholm II. Gedichte. es 1402
– Hineingeboren. Gedichte 1975-1979. Mit einer Nachbemerkung von Franz Fühmann. es 1110
Krolow, Karl: Schattengefecht. es 78
Oppenheim, Meret: Husch, husch, der schönste Vokal entleert sich. Gedichte, Zeichnungen. Herausgegeben und mit einem Nachwort versehen von Christiane Meyer-Thoss. es 1232
Ostermaier, Albert: Herz Vers Sagen. Gedichte. es 1950
Schindel, Robert: Ein Feuerchen im Hintennach. Gedichte. es 1775
– Geier sind pünktliche Tiere. Gedichte. es 1429
– Im Herzen die Krätze. Gedichte. es 1511
– Ohneland. Gedichte vom Holz der Paradeiserträume 1979-1984. es 1372
Schmidt, Kathrin: Flußbild mit Engel. es 1931
Söllner, Werner: Kopfland. Passagen. Gedichte. es 1504
Techel, Sabine: Es kündigt sich an. Gedichte. es 1370
Treichel, Hans-Ulrich: Der einzige Gast. Gedichte. es 1904

302/1/12.96

Deutschsprachige Literatur
in der edition suhrkamp:
Lyrik

Treichel, Hans-Ulrich: Liebe Not. Gedichte. es 1373
– Seit Tagen kein Wunder. Gedichte. es 1610
Von einem Land und von einem andern. Gedichte zur deutschen Wende 1989/1990. Mit einem Essay herausgegeben von Karl Otto Conrady. es 1829

302/2/12.96

# edition suhrkamp
## Eine Auswahl

Abelshauser: Wirtschaftsgeschichte der Bundesrepublik Deutschland 1945-1980. NHB es 1241
Achebe: Heimkehr in ein fremdes Land. es 1413
– Okonkwo oder Das Alte stürzt. es 1138
– Termitenhügel in der Savanne. es 1581
Adorno: Eingriffe. es 3303
– Gesellschaftstheorie und Kulturkritik. es 772
– Jargon der Eigentlichkeit. es 91
– »Ob nach Auschwitz sich noch leben lasse«. es 1844
– Stichworte. es 347
Aebli: Küss mich einmal ordentlich. es 1618
– Mein Arkadien. es 1885
Amnestie oder Die Politik der Erinnerung in der Demokratie. es 2016
Anthropologie nach dem Tode des Menschen. es 1906
Armut im Wohlstand. es 1595
Bachelard: Das Wasser und die Träume. es 1598
Bachtin: Die Ästhetik des Wortes. es 967
Barthes: Der entgegenkommende und der stumpfe Sinn. es 1367
– Kritik und Wahrheit. es 218
– Literatur oder Geschichte. es 303
– Mythen des Alltags. es 92 und es 3309
– Das Rauschen der Sprache. es 1695
– Das Reich der Zeichen. es 1077
– Das semiologische Abenteuer. es 1441
– Das Spiel der Zeichen. es 1841
Beck, Ulrich: Die Erfindung des Politischen. es 1780
– Gegengifte. es 1468
– Risikogesellschaft. es 1365 und es 3326
– Die Suche nach der sozialen Wirklichkeit. es 1961
Becker, Jürgen: Ränder. es 351
– Umgebungen. es 722
Über Jürgen Becker. es 552
Becker, Jurek: Warnung vor dem Schriftsteller. es 1601
Beckett: Endspiel. Fin de Partie. es 96
– Flötentöne. es 1098
– Warten auf Godot. es 3301
Benet: Du wirst es zu nichts bringen. es 1611
Benjamin: Das Kunstwerk im Zeitalter seiner technischen Reproduzierbarkeit. es 28 und es 3305
– Moskauer Tagebuch. es 1020
– Das Passagen-Werk. es 1200
– Über Kinder, Jugend und Erziehung. es 391
– Versuche über Brecht. es 172
– Zur Kritik der Gewalt und andere Aufsätze. es 103
Bernhard: Der deutsche Mittagstisch. es 1480
– Ein Fest für Boris. es 3318
Bertaux: Hölderlin und die Französische Revolution. es 344
Bloch: Abschied von der Utopie? es 1046
– Kampf, nicht Krieg. es 1167

316/1/4.96

edition suhrkamp
Eine Auswahl

Bloch: Tübinger Einleitung in die Philosophie. es 3308
– Viele Kammern im Welthaus. es 1827
Bloom: Die Topographie des Fehllesens. es 2011
Boal: Theater der Unterdrückten. es 1361
Böhme, Gernot: Ethik im Kontext. es 2025
– Für eine ökologische Naturästhetik. es 1556
Böni: Alvier. es 1146
– Hospiz. es 1004
– Der Johanniterlauf. es 1198
Bohrer: Die Kritik der Romantik. es 1551
– Ohne Gewißheiten. es 1968
– Der romantische Brief. es 1582
Boullosa: Sie sind Kühe, wir sind Schweine. es 1866
– Die Wundertäterin. es 1974
Bourdieu: Praktische Vernunft. es 1985
– Rede und Antwort. es 1547
– Soziologische Fragen. es 1872
– »Die Wirklichkeit ist relational«. es 1842
Bovenschen: Die imaginierte Weiblichkeit. es 921
Braun, Volker: Berichte von Hinze und Kunze. es 1169
– Böhmen am Meer. es 1784
– Es genügt nicht die einfache Wahrheit. es 799
– Gesammelte Stücke. es 1478
– Verheerende Folgen mangelnden Anscheins innerbetrieblicher Demokratie. es 1473
Brecht: Der aufhaltsame Aufstieg des Arturo Ui. es 144
– Aufstieg und Fall der Stadt Mahagonny. es 21
– Ausgewählte Gedichte. es 86
– Baal. es 170
– Biberpelz und roter Hahn. es 634
– Broadway - the hard way. es 1835
– Buckower Elegien. es 1397
– Die Dreigroschenoper. es 229
– Furcht und Elend des Dritten Reiches. es 392
– Die Geschäfte des Herrn Julius Caesar. es 332
– Die Gewehre der Frau Carrar. es 219
– Der gute Mensch von Sezuan. es 73
– Die heilige Johanna der Schlachthöfe. es 113
– Herr Puntila und sein Knecht Matti. es 105
– Ich bin aus den schwarzen Wäldern. es 1832
– Der Jasager und Der Neinsager. es 171
– Der kaukasische Kreidekreis. es 31
– Leben des Galilei. es 1
– Leben Eduards des Zweiten von England. es 245
– Mann ist Mann. es 259
– Die Maßnahme. es 415
– Die Mutter. es 200
– Mutter Courage und ihre Kinder. es 49
– Der Ozeanflug. Die Horatier und die Kuriatier. Die Maßnahme. es 222
– Prosa. es 184
– Die Rundköpfe und die Spitzköpfe. es 605

316/2/4.97

edition suhrkamp
Eine Auswahl

Brecht: Der Schnaps ist in die Toiletten geflossen. es 1833
– Schweyk im zweiten Weltkrieg. es 132
– Stücke. Bearbeitungen. Bd. 1. es 788
– Stücke. Bearbeitungen. Bd. 2. es 789
– Die Tage der Commune. es 169
– Theaterarbeit in der DDR. 1948–1956. es 1836
– Trommeln in der Nacht. es 490
– Über die bildenden Künste. es 691
– Über experimentelles Theater. es 377
– Der Untergang des Egoisten Johann Fatzer. es 1830 und es 3332
– Unterm dänischen Strohdach. es 1834
– Das Verhör des Lukullus. es 740
Bubner: Ästhetische Erfahrung. es 1564
– Dialektik als Topik. es 1591
– Zwischenrufe. Aus den bewegten Jahren. es 1814
Buch: An alle! es 1935
– Der Herbst des großen Kommunikators. es 1344
– Die Nähe und die Ferne. es 1663
– Die neue Weltunordnung. es 1990
– Waldspaziergang. es 1412
Bürger, Peter: Aktualität und Geschichtlichkeit. es 879
– Theorie der Avantgarde. es 727
Bürgergesellschaft, Recht und Demokratie. es 1912
Butler: Körper von Gewicht. es 1737
– Das Unbehagen der Geschlechter. es 1722
Cavelty: Quifezit oder Eine Reise im Geigenkoffer. es 2001
Celan: Ausgewählte Gedichte. Zwei Reden. es 262 und es 3314
Cornell: Die Versuchung der Pornographie. es 1738
Cortázar: Das Observatorium. es 1527
Dalos: Ungarn – Vom Roten Stern zur Stephanskrone. es 2017
Dedecius: Poetik der Polen. es 1690
Dekonstruktiver Feminismus. es 1678
Deleuze: Kritik und Klinik. es 1919
– Die Logik des Sinns. es 1707
– Unterhandlungen. 1972–1990. es 1778
Deleuze/Guattari: Kafka. es 807
Deleuze/Parnet: Dialoge. es 666
Derrida: Das andere Kap. Die vertagte Demokratie. es 1769
– Geschichte der Lüge. es 2019
– Gesetzeskraft. es 1645 und es 3331
– Schreiben der Differenz. es 1843
– Vergessen wir nicht - die Psychoanalyse! es 1980
Deutschsprachige Gegenwartsliteratur wider ihre Verächter. es 1938
Dieckmann: Glockenläuten und offene Fragen. es 1644
Dieckmann: Temperatursprung. Deutsche Verhältnisse. es 1924

316/3/4.97

## edition suhrkamp
## Eine Auswahl

Dieckmann: Vom Einbringen. es 1713
Digitaler Schein. es 1599
Dinescu: Exil im Pfefferkorn. es 1589
Döring: Ein Flamingo, eine Wüste. es 1588
– Schnee und Niemand. es 1779
Dorst: Toller. es 294
Draesner: gedächtnisschleifen. es 1948
Drawert: Alles ist einfach. es 1951
– Haus ohne Menschen. es 1831
– Privateigentum. es 1584
– Spiegelland. es 1715
Dröge/Krämer-Badoni: Die Kneipe. es 1380
Duerr: Frühstück im Grünen. es 1959
– Satyricon. es 1346
– Traumzeit. es 1345
Düttmann: Zwischen den Kulturen. es 1978
Duras: Eden Cinema. es 1443
– Hiroshima mon amour. es 3304
– La Musica Zwei. es 1408
– Sommer 1980. es 1205
– Das tägliche Leben. es 1508
– Der Tod des jungen englischen Fliegers. es 1945
– Vera Baxter oder Die Atlantikstrände. es 1389
Duras/Porte: Die Orte der Marguerite Duras. es 1080
Eco: Zeichen. es 895
Eich: Botschaften des Regens. es 48 und 3306
– Rebellion in der Goldstadt. es 1766
Der eingekreiste Wahnsinn. es 965
Norbert Elias über sich selbst. es 1590 und es 3329
Ende der sozialen Sicherheit? es 1907
Engler: Die ungewollte Moderne. es 1925
– Die zivilisatorische Lücke. es 1772
Enzensberger: Blindenschrift. es 217
– Deutschland, Deutschland unter anderm. es 203 und es 3313
– Einzelheiten I. es 63
– Die Furie des Verschwindens. es 1066
– Landessprache. es 304
– Der Weg ins Freie. es 759
Eppler: Kavalleriepferde beim Hornsignal. es 1788
Esser: Nachruf auf den Standort Deutschland. es 1926
Euchner: Egoismus und Gemeinwohl. es 614
Evans: Im Schatten Hitlers? es 1637
Ewald: Der Vorsorgestaat. es 1676
Falkner: X-te Person Einzahl. es 1996
Farge/Foucault: Familiäre Konflikte: Die »Lettres de cachet«. es 1520
Federman: Surfiction: Der Weg der Literatur. es 1667
Federman/Chambers: Penner Rap. es 2020
Fellinger: Paul de Man - Eine Rekonstruktion. es 1677
Felman: Wahnsinn und Literatur. es 1918
Felsenstein: Die Pflicht, die Wahrheit zu finden. es 1986

316/4/4.97

edition suhrkamp
Eine Auswahl

Fernández Cubas: Das geschenkte Jahr. es 1549
Feyerabend: Briefwechsel mit einem Freund. es 1946
– Erkenntnis für freie Menschen. es 1011
– Wissenschaft als Kunst. es 1231
Versuchungen 1. es 1044
Versuchungen 2. es 1068
Fletcher: Notwehr als Verbrechen. es 1648
Foucault: Psychologie und Geisteskrankheit. es 272
– Raymond Roussel. es 1559
Frank: Einführung in die frühromantische Ästhetik. es 1563
– Gott im Exil. es 1506
– Die Grenzen der Verständigung. es 1481
– Der kommende Gott. es 1142
– Motive der Moderne. es 1456
– Die Unhintergehbarkeit von Individualität. es 1377
– Was ist Neostrukturalismus? es 1203
Franzobel: Das Beuschelgeflecht. Bibapoh. es 1995
– Die Krautflut. es 1987
Fraser: Widerspenstige Praktiken. es 1726
Frevert: Frauen-Geschichte. es 1284
Den Frieden denken. es 1952
Frieden machen. es 2000
Frisch: Biedermann und die Brandstifter. es 41
– Die Chinesische Mauer. es 65
– Don Juan oder Die Liebe zur Geometrie. es 4
– Frühe Stücke. es 154
– Graf Öderland. es 32
Fritsch: Fleischwolf. Ein Gefecht. es 1650
– Steinbruch. es 1554
Fuchs: Westöstlicher Divan. es 1953
Galperin: Die Brücke über die Lethe. es 1627
Gándara: Die Mittelstrecke. es 1597
García Morales: Die Logik des Vampirs. es 1871
– Das Schweigen der Sirenen. es 1647
– Der Süden. Bene. es 1460
Geist gegen den Zeitgeist. es 1630
Genette: Palimpseste. es 1683
Gerhardt: Patientenkarrieren. es 1325
Das Geschlecht der Natur. es 1727
Gewalt und Gerechtigkeit. es 1706
Das Gewalt-Dilemma. es 1905
Ginsburg: Aufzeichnungen eines Blockade-Menschen. es 1672
Globalisierung versus Fragmentierung. es 2022
Glotz: Die falsche Normalisierung. es 1901
Goetz: Festung. es 1793
– Krieg. es 1320
– Kronos. es 1795
– 1989. es 1794
Goytisolo: Ein algerisches Tagebuch. es 1941
– Dissidenten. es 1224
– Landschaften eines Krieges: Tschetschenien. es 1768
– Notizen aus Sarajewo. es 1899
Die Quarantäne. es 1874

316/5/4.97

316/6/4.97

edition suhrkamp
Eine Auswahl

Hoffmann-Axthelm: Die dritte Stadt. es 1796
Holanda: Die Wurzeln Brasiliens. es 1942
Holbein: Der belauschte Lärm. es 1643
– Ozeanische Sekunde. es 1771
Hrabal: Die Bafler. es 180
Huchel: Gedichte. es 1828
Im Schatten des Siegers: Japan. es 1495-1498
Irigaray: Ethik der sexuellen Differenz. es 1362
– Speculum. es 946
Jaeger: Geschichte der Wirtschaftsordnung in Deutschland. es 1529
Jansen: Heimat. Abgang. Mehr geht nicht. es 1932
– Reisswolf. es 1693
– Splittergraben. es 1873
Jarausch: Dieunverhoffte Einheit. es 1877
Jasper: Die gescheiterte Zähmung. es 1270
Jauß: Literaturgeschichte als Provokation. es 418
Jenseits der Utopie – Theoriekritik der Gegenwart. es 1662
Johansson: Ich habe Shelley geliebt. es 1585
Johnson: Begleitumstände. es 1820 und es 3322
– Das dritte Buch über Achim. es 1819
– Der 5. Kanal. es 1336
– Ingrid Babendererde. es 1817
– Jahrestage 1. es 1822
– Jahrestage 2. es 1823
– Jahrestage 3. es 1824
– Jahrestage 4. es 1825
– Mutmassungen über Jakob. es 1818
– Porträts und Erinnerungen. es 1499
– Versuch, einen Vater zu finden. Marthas Ferien. es 1416
Über Uwe Johnson. es 1821
Joyce: Finnegans Wake. es 1524
– Penelope. es 1106
Judentum im deutschen Sprachraum. es 1613
Kellendonk: Geist und Buchstabe. es 1910
Kenner: Ulysses. es 1104
Ketzer, Zauberer, Hexen. es 1577
Kiesewetter: Industrielle Revolution in Deutschland 1815-1914. es 1539
Kipphardt: In der Sache J. Robert Oppenheimer. es 64
Kirchhoff: Body-Building. es 1005
– Legenden um den eigenen Körper. es 1944
Kleinspehn: Warum sind wir so unersättlich? es 1410
Kling: geschmacksverstärker. es 1523
– Itinerar. es 2006
Klix: Sehen Sprechen Gehen. es 1566
Kluge, Alexander: Gelegenheitsarbeit einer Sklavin. es 733
– Schlachtbeschreibung. es 1193
Koeppen: Morgenrot. es 1454
Kößler/Melber: Chancen internationaler Zivilgesellschaft. es 1797
Kolbe: Abschiede. es 1178
– Bornholm II. es 1402
– Hineingeboren. es 1110

316/7/4.97

316/8/4.97

edition suhrkamp
Eine Auswahl

Über Hans Mayer. es 887
Mayröcker: Magische Blätter. es 1202
– Magische Blätter II. es 1421
– Magische Blätter III. es 1646
– Magische Blätter IV. es 1954
Meckel: Von den Luftgeschäften der Poesie. es 1578
Meinecke: The Church of John F. Kennedy. es 1997
Menninghaus: Paul Celan. es 1026
– Schwellenkunde. es 1349
Menzel: Auswege aus der Abhängigkeit. es 1312
– Das Ende der Dritten Welt und das Scheitern der Großen Theorie. es 1718
Menzel/Senghaas: Europas Entwicklung und die Dritte Welt. es 1393
Meuschel: Legitimation und Parteiherrschaft in der DDR. es 1688
Miłosz: Zeichen im Dunkel. es 995 und es 3320
Mitscherlich: Krankheit als Konflikt. es 164
– Die Unwirtlichkeit unserer Städte. es 123 und es 3311
Möller: Vernunft und Kritik. es 1269
Morshäuser: Hauptsache Deutsch. es 1626
– Revolver. es 1465
– Warten auf den Führer. es 1879
Moser: Besuche bei den Brüdern und Schwestern. es 1686
– Eine fast normale Familie. es 1223
– Repressive Kriminalpsychiatrie. es 419
– Romane als Krankengeschichten. es 1304
– Verstehen, Urteilen, Verurteilen. es 880
Muschg: Herr, was fehlt Euch? es 1900
– Literatur als Therapie? es 1065
Mythos Internet. es 2010
Mythos Metropole. es 1912
Mythos und Moderne. es 1144
Nachdenken über China. es 1602
Nakane: Die Struktur der japanischen Gesellschaft. es 1204
Narr/Schubert: Weltökonomie. es 1892
Negt/Kluge: Geschichte und Eigensinn. es 1700
Nizon: Am Schreiben gehen. es 1328
Nooteboom: Berliner Notizen. es 1639
– Wie wird man Europäer? es 1869
Oppenheim: Husch, husch, der schönste Vokal entleert sich. es 1232
Ostermaier: Herz Vers Sagen. es 1950
Overbeck: Der Koryphäenkiller. es 2009
Oz: Die Hügel des Libanon. es 1876
Paz: Der menschenfreundliche Menschenfresser. es 1064
– Suche nach einer Mitte. es 1008 und es 3321
– Zwiesprache. es 1290
Penck: Mein Denken. es 1385
Petri: Schöner und unerbittlicher Mummenschanz. es 1528

316/9/4.97